POÉSIES

PAR

(*de Saintes.*)

PARIS,

TYPOGRAPHIE DE FIRMIN DIDOT FRÈRES,

IMPRIMEURS DE L'INSTITUT, RUE JACOB, N° 56.

M DCCC XXXVII.

Poésies

PAR

MADAME AUGEREAU

(DE SAINTES.)

Ode.

Radieuse espérance, illusion chérie,
Laisse-moi croire encore à tes rêves flatteurs ;
Dis un mot consolant à mon âme flétrie :
        Mes yeux sont fatigués de pleurs.

Rends-moi de mes beaux jours la paisible ignorance
Qui, sans prévoir de maux, laisse croire au bonheur,
Et chasse loin de moi la triste expérience
Qui ne parle qu'à la douleur.

Sa désolante voix dit qu'amour n'est qu'un songe,
Qu'enfante du cœur tendre un inquiet désir;
Mais l'amour, c'est ma vie; et folie ou mensonge,
Ne plus y croire, c'est mourir.

Mais, quoi! ce feu divin, cet enivrant délire
N'animerait que moi de sa brûlante ardeur;
Dans l'univers entier de tout ce qui respire,
Il n'embraserait que mon cœur!

Non, non, il est encore une âme pure et tendre,
Qui n'attend qu'un écho pour brûler à son tour :
Il me semble déjà qu'une voix fait entendre
Le nom doux et sacré d'amour.

❁

Toi que j'appelle, oh! viens! j'embellirai ta vie
De joie et de bonheur, d'amour, de volupté;
Va, rien n'est impossible à la douce magie
Dont mon cœur se sent agité.

❁

Viens, et de la douleur les pénétrantes armes,
Respectant ton bonheur, n'oseront le flétrir;
Si mes baisers brûlants parfois sèchent tes larmes,
Ce seront celles du plaisir.

Tu ne craindras de moi ni détours ni caprices ;
Mon unique désir sera de te charmer.
Je ne connus jamais d'indignes artifices ;
Mon vœu le plus cher, fut d'aimer.

Viens, oh! viens! hâte-toi, tandis que la jeunesse
Couronne encor mon front des roses du printemps ;
Ne laisse pas flétrir les dons de ma tendresse,
Par la main cruelle du temps.

Et puissent mes attraits éternisant ta flamme,
Resserrer chaque jour notre tendre lien!
Viens, les charmes puissants sont ceux qu'anime l'âme ;
Sans elle la beauté n'est rien.

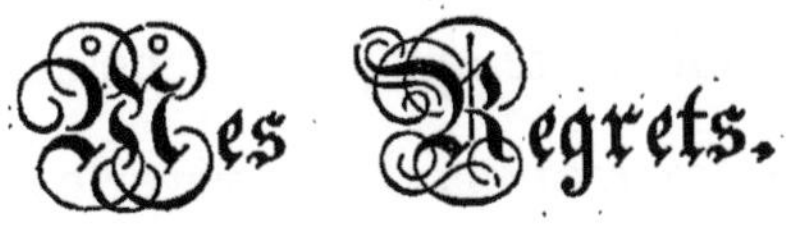

Elégie.

Salut, lieux chers à ma tendresse;
Bois où je venais chaque jour,
Selon les caprices d'amour,
Chanter ma joie ou ma tristesse;
Ruisseaux limpides, prés fleuris,
Aimable et riante verdure,
Salut: en vous quittant si je vous fis injure,
Mon retour vous dira combien je vous chéris:
Puissiez-vous, lieux charmants, bois au sombre feuillage,
En oubli de ma courte erreur,
Vouloir me rendre le bonheur
Que je laissai sous votre ombrage,

Et que depuis ce temps je cherche en vain ailleurs.
Ah! rendez-moi ma douce rêverie,
L'espérance flatteuse et mes vagues désirs ;
Beaux lieux, rendez-moi tout, jusques à mes soupirs ;
Leur touchante mélancolie
Fut un de mes plus doux plaisirs :
Rendez-moi.... mais, hélas! vœux toujours inutiles,
Ah ! pour goûter encor vos précieux bienfaits,
Il fallait ne vous fuir jamais,
Et ne point échanger pour le fracas des villes
Votre délicieuse paix ;
Il fallait (ô regrets trop vainement sincères!)
Respecter et chérir de pures voluptés ;
Ne point sacrifier de riantes chimères
A de tristes réalités.

Non, jamais de mes chants les glorieux accords
N'iront enorgueillir mon ingrate patrie;
De ses rives jamais leur touchante harmonie
N'immortalisera les bords.

Doux et chers souvenirs de ma trop courte enfance,
Vous revenez en vain, tendres consolateurs;
Vous ne guérirez point d'éternelles douleurs;
Laissez-moi ma noble vengeance.

Hélas ! et vous aussi n'êtes-vous pas flétris ?
Ai-je pu quelquefois m'enivrer de vos charmes,
Sans qu'aussitôt d'amères larmes
N'aient effacé vos droits chéris ?

N'êtes-vous pas liés dans ma pensée,
Vous si touchants, si doux, si puissants sur mon cœur,
Aux viles calomnies accablant de malheur
Ma pure existence passée ?

Allez, je le sais trop combien il est cruel
Le pénible devoir de haïr sa patrie ;
Que ne puis-je, au prix de ma vie,
Célébrer ses bienfaits dans un hymne éternel !

Avec quelle magique et puissante énergie
S'élèverait mon chant saintement inspiré !
Comme au lieu des soupirs de mon cœur déchiré
Les accents du bonheur doubleraient mon génie !
Mais, non, elle a voulu, cruelle en son dessein,
Répandre sur ma vie une douleur amère ;
A moi qui l'eusse aimée à l'égal d'une mère,
A moi débile enfant qui grandis dans son sein,
Elle a couvert mon front d'opprobre et de misère.
Non, jamais de mes chants les glorieux accords
N'iront enorgueillir mon ingrate patrie ;
De ses rives jamais leur touchante harmonie
N'immortalisera les bords.

Ma gloire m'appartient comme mon innocence,
Je puis en faire hommage à qui comprit mon cœur :
Fuyez, chers souvenirs d'un fugitif bonheur,
Laissez-moi ma noble vengeance.

La jeune Mère délaissée.

Ode.

O mort ! éloigne-toi, j'aime encore la vie ;
En vain pour m'accabler on voue à l'infamie
Celle qui ne put croire un serment imposteur ;
Non, la vertu n'est point l'injuste défiance,
Et l'amour confiant, gage de l'innocence,
        N'est point le déshonneur.

Bientôt je serai mère, et ce nom chaste et tendre,
Ce nom que sans émoi je ne pourrais entendre,

Devrait couvrir mon front d'un opprobre éternel!
Oh! cela ne peut être : hommes durs et farouches,
Le blasphème a parlé par vos impures bouches,
Dans cet arrêt cruel.

Non, le vice jamais ne souilla ma pensée;
Je prenais un époux quand mon âme abusée
Eût cru commettre un crime en doutant d'un serment.
Cher enfant, sans remords je puis t'offrir la vie;
Tu n'as point à rougir d'une mère avilie;
Mon cœur est innocent.

Un courage nouveau me transporte et m'enflamme;
Une noble énergie a pénétré mon âme,

Je puis braver les coups d'un cruel avenir,
Laissez-moi vivre encor, bientôt je serai mère;
Ce nom seul me promet un sort assez prospère;
Je ne veux pas mourir.

Quel bonheur me promet ta riante jeunesse,
O mon enfant! combien mon active tendresse
Trouvera de doux soins, de baisers consolants!
Va, mon corps rampera brisé dans la poussière,
Avant qu'un seul des maux de l'affreuse misère
Trouble tes jeunes ans.

Mais, que dis-je? ô mon Dieu! quand la mort m'environne,
Quand tout dans l'univers me fuit et m'abandonne,

Dois-je sourire encore à l'espoir des beaux jours ?
N'a-t-on pas repoussé ma fierté mendiante,
Et n'est-ce pas en vain que ma voix expirante
Implore du secours ?

❁

Hélas ! il faut mourir : doux rêves du jeune âge,
Vœux d'un cœur simple et pur, amour, espoir, courage,
A peine à mon printemps, pour moi tout est fini !...
Et pour calmer mon âme à mon heure dernière,
Je n'attends que ces mots, pour unique prière :
C'est le vice puni.

❁

Le mépris va survivre à ma lente agonie,
Et l'être malfaisant qui joue avec ma vie,

Sans crainte, sans remords vivra comblé d'honneur,
Il pourra, sans rougir, me nommer sa victime;
Le monde accueillera le récit de son crime,
D'un rire approbateur.

❁

Mais toi, du malheureux sûr et dernier refuge,
Dieu juste, du méchant inévitable juge;
Toi, tu lis dans le cœur, tu punis les forfaits,....
Qu'ai-je dit?... ô mon Dieu! loin de moi la vengeance,
Que le dernier soupir de ma triste existence
Soit un adieu de paix!

A l'Amour.

Ode.

Amour, respecte mon asile;
De ma retraite humble et tranquille,
Ne viens point dérober la paix :
Il faut pour savourer tes charmes
Les payer par d'amères larmes;
Je ne veux point de tes bienfaits.

Hélas! que deviendrait ma vie,
Par toi radieuse, embellie,

Accoutumée à ta douceur,
Quand l'inconstance criminelle
Me dirait de sa voix cruelle :
Il n'est plus pour toi de bonheur?

Ah! pour répondre à ma tendresse,
Il faut une éternelle ivresse,
Et non tes éphémères feux :
Ce bonheur n'est pas pour la terre;
Je le sais, et plus ne l'espère :
Mon rêve est placé dans les cieux.

Oui, l'espoir me dit que la flamme
Qui brûle et consume mon âme,

Ne me fut pas donnée en vain :
Je crois à sa sainte promesse,
Par elle je vois sans tristesse,
Mes beaux jours gagner leur déclin.

Amour, respecte mon asile ;
De ma retraite humble et tranquille
Ne viens point dérober la paix :
Il faut pour savourer tes charmes
Les payer par d'amères larmes ;
Je ne veux point de tes bienfaits.

Ode.

Grand Dieu! toi qui protége et soutiens l'innocence,
Daigne écouter les vœux d'un cœur qui t'est soumis;
Père puissant et bon, tu sais que la vengeance
N'est point faite pour moi; j'implore ta clémence
Envers mes ennemis.

Pardonne-leur, ô Dieu! pour moi nul est leur crime;
Ils ne peuvent m'ôter la paix que je te doi;
Et quand leur cruauté croit braver sa victime,

Mon âme avec transport prend un essor sublime,
Et s'élève vers toi.

Eh! que m'importe alors les clameurs de la terre,
Dans ton sein paternel est l'unique repos;
Là, le mépris jamais n'insulte à ma misère,
Je trouve en ta bonté le baume salutaire
Qui seul calme les maux.

Là, plus d'illusions, de chimères trompeuses;
Plus de ces vains désirs qui tourmentent le cœur;
Il n'est point près de toi de pensées envieuses,
L'âme ne veut plus rien de ces folies honteuses
Qu'on appelle bonheur.

Grand Dieu ! tu me bénis, et sans reconnaissance
J'oserais murmurer sur tes décrets divins,
Et je pourrais encore implorer ta vengeance
Contre les vains efforts, la maligne impuissance
Des malheureux humains !

Non, ô Dieu de bonté ! tu n'as point fait mon âme
Pour ressentir la haine et ses tristes fureurs ;
Haïr c'est se venger ; non, pour eux je réclame
Un rayon pénétrant de la céleste flamme
Qui lave les erreurs.

Dans mon obscur réduit la noble indépendance
Guide les pas tremblants de la faible indigence;
Jamais on ne la voit victime de l'erreur,
Soumise aux préjugés qu'elle méprise et brave;
Là, je jouis en paix de son humble grandeur,
Et lorsqu'à mes regards s'offre le riche esclave,
Du bonheur qu'il poursuit destructeur inhumain,
Je supporte en riant les rigueurs du destin.

La Gloire.

Ode.

Pourquoi vouloir ramper à l'égal du vulgaire,
Muse, laisse en repos la gloire et ses attraits ;
Qu'importeraient tes vœux ? indépendante et fière
Elle n'accueille point la timide prière
Mendiant ses bienfaits.

Sois en paix ; si ta voix pénétrante et sonore
Sait réveiller l'amour dans des cœurs engourdis ;
Ce feu qui rend la vie à sa première aurore,

Si tes puissants accords le font sentir encore
A des sens refroidis.

Si, dans un noble essor, tu fais naître dans l'âme
De sublimes pensers, de généreux élans,
Si ton génie altier communiquant sa flamme
Fait rêver à l'esclave, au lieu d'un joug infâme,
Des jours indépendants;

Si l'austère vertu, quand tu vantes ses charmes,
Sourit à ton hommage, applaudit à tes chants,
Si tes hymnes de paix sèchent d'amères larmes,
Si le vice éperdu voit se briser ses armes,
Sous tes traits triomphants;

Enfin si la douleur a, lorsque tu soupire,
Recueilli ton soupir comme un écho du sien,
Si le bonheur s'émeut quand tu peins son délire,
Si chaque accent du cœur retrouve sur ta lyre
Un fraternel lien;

Alors sans que nul vœu n'importune et ne prie,
La gloire, t'entourant d'éclat et de splendeur,
Au rang des immortels placera ton génie,
Et de brillants lauriers respectés par l'envie
Ceindra ton front vainqueur.

Ode.

Anathème cent fois au cœur froid et sans vie,
Qui ne rêve jamais que désordre et malheur,
Qui chassant de l'espoir la voix toujours chérie,
Crie en s'applaudissant de sa triste folie
Il n'est point de bonheur !

Il n'est point de bonheur ?.... non, dans son bel empire
Ne fut jamais admis l'homme injuste et cruel;
Jamais au vil esclave il n'a daigné sourire,

Il n'a point confié les doux chants qu'il inspire
Au puissant criminel.

Mais il dit : Sois heureux, toi qui de la nature
Suis les premiers penchants toujours dignes du cœur,
Qui méprisant la voix de l'adroite imposture,
Ne chéris que le bien et fuis la route impure
Du vice et de l'erreur.

Toi qui, pour t'assurer un sort exempt d'orage,
T'éloignant des écueils que tend la vanité,
Préfère au joug pesant d'un brillant esclavage
La noble indépendance et son humble partage,
La médiocrité.

Sois heureux, car pour toi la Parque est une amie
Filant tes jours dorés avec charme et lenteur,
Se plaisant à semer sur ta route fleurie
Des voluptés sans fiel, du bonheur sans envie,
Des plaisirs sans douleur.

Pour toi l'amour n'a point de caresses trompeuses,
Ses baisers sont empreints d'ivresse et de candeur,
Tu ne connaîtras point les faveurs venimeuses
Prodiguées à prix d'or par ces âmes fangeuses,
Vils jouets du déshonneur.

L'amitié, ce lien si cher à l'existence,
Ne te sembla jamais un mot sans vérité;

Tu ne peux l'avilir par aucune influence,
Elle sait que l'honneur est ta seule puissance,
Tes trésors l'équité.

Sans doute les grandeurs à ton heure dernière
N'auront point signalé ton passage ici-bas;
Mais à ton lit de mort le deuil sera sincère,
Et tu termineras ta paisible carrière
Sans avoir fait d'ingrats.

www.ingramcontent.com/pod-product-compliance
Ingram Content Group UK Ltd.
Pitfield, Milton Keynes, MK11 3LW, UK
UKHW020534230726
13925UKWH00005B/2282